AF585725

www.ingramcontent.com/pod-product-compliance
Lightning Source LLC
LaVergne TN
LVHW080816170826
845678LV00011B/2031

9798640598483